龙骑士 *DRAGON KNIGHT*

⑤ 危险计划

(瑞典)尤·萨尔姆松/著

(瑞典)奥萨·埃克斯特略姆/绘

赵清/译

南京大学出版社

作者序

《危险计划》是"龙骑士"系列的第五部。

这个系列一共六部，一定要按照顺序来阅读才行，否则就很难弄清到底发生了什么。

我是这套书的作者，我名叫卡塔琳娜·乌劳克，这是一个瑞典名字。这个名字可并不常见——全世界只有我一个人叫这个名字。

我妹妹的孩子叫我"YinYin"，我非常喜欢这个称呼。

我听说，"YinYin"在你们的语言中有着"美好"的意思。因此当我的书用中文出版的时候，我会选择用这个名字。

瑞典这个国家并不大，对于中国来说它位于地球的另一端。在我们这里，大人会经常对正在玩沙子的孩子说，如果挖得足够深，就能到达中国。

我小的时候就经常幻想中国到底会是什么样子。

我想，中国一定是世界上最精彩的地方之一。

我一直都很爱幻想，而且我也一直都很喜欢听古老的童话和传奇故事。

你们即将读到的龙骑士的故事，是我幻想出来的。

其他书或者故事中没有类似的龙，不过他们与欧洲童话故事中的龙还是很像的。

我知道，在中国，龙总是和水、雾联系在一起。他们是友善的，当然并不是完全无害。中国的龙虽然没有翅膀，却同样可以腾云驾雾。

我们欧洲所描绘的龙却是要小心提防的。他们的大嘴里会喷出火来，他们的利爪又长、又尖。

他们有着一对皮革质感的翅膀，就像蝙蝠一样。当他们飞过天空的时候，人们最好还是躲起来。

我们童话中的龙以从农民那里偷来的牛羊为生。有时他们也会吃人，他们觉得，小女孩是世间最好吃的美味。

他们喜欢金子和宝石，他们把居住的洞穴里塞满了宝贝。

但是我书中的"天空"和其他龙却不是吃人的野蛮动物。不同的是，他们……

哦，不，我现在还不能透露给你们。

你们要自己去读才行。

我希望你们能像瑞典的小朋友一样喜欢我的书。

我的故事能远渡重洋来到你们身边，能来到地球另一端的中国，令我感到非常荣幸。

谁知道呢，也许有一天，我自己也会踏上同一条路，来到这个我向往已久的国家。

YinYin/尤·莎尔姆松/卡塔琳娜·乌劳克

德玛城

皇宫和龙舍

第五道城墙

贵族世家的宫殿

第四道城墙

富有的商人、医生和法官的别墅

第三道城墙

手工艺人和小商人的商店和房子

第二道城墙

奴仆、小偷、穷人
和乞丐的住处

外城墙

苍白

世界上有八条龙，这里永远有八条龙！

书上是这么写的。绝大多数人都以为，这意味着龙不会死。但事实并非如此。

龙可以活八千年，每一千年就会有一条龙死去，与此同时会诞生一条新龙。那时也将产生一位新的龙骑士。

莱塔

贝

这些龙的名字是：苍白、天空、贝拉、墨黑、火红、云朵、莱塔、祖母绿和云朵。其实这八条龙有另外的名字，但已经没有人记得了。

世上已经没有真正的龙骑士了。因为雷耶国王命人把他们都毒死了。

他们死后，龙就好像丢掉了自己的另一半灵魂。他们之间的感情就是这么深！

龙不再关心世上发生的事情。他们完全被悲伤吞噬，让人类去主宰他们。

墨黑
火红

天空

但现在最年轻的龙——天空，重新听到了
一个声音。她已经找到了新的龙骑士！

新龙诞生的时刻马上就要来临了……

祖母绿

云朵

塔姆和塔夫塔老师在天空背上

查亚和因德勒

目录

在龙背上

　　塔姆转过头，向身后望去。在遥远的地平线附近，他仍然能隐约地看到龙岛的山峰。

　　他们感觉好像已经飞了好几个小时，可他们飞行的距离并不长……

　　他不耐烦地扭来扭去。

　　他一直都渴望能骑在龙背上。但现在，当他在高高的天上，飞过海的上空时，他却希望赶紧到达目的地，越快越好。

苍白发出了紧急呼叫！

也许那条白龙已经奄奄一息了，而他可能还不知道他们已经找到了新龙。

这样的话，他们所有的努力都会付诸东流。

从隆冬开始，塔姆就帮助塔夫塔老师和天空寻找新龙。他们查遍了书籍和文献，但没有找到任何线索。

　　这时，苍白却给出了一个建议——去龙岛！

　　第二天他们就出发了。尽管龙岛已经荒芜，城市也成了一片废墟，但在那儿，他们终于解开了谜团。

一想到这里，塔姆就感到自己愚不可及。如果他好好动动脑子，认真领会、明晰一下各种迹象，那么他早就应该明白这到底是怎么回事！

塔姆想象中的新龙是类似一只没有翅膀的、蜥蜴类的东西。直到天空说，新龙是一个年轻人时，他才开始意识到……

他的头脑中浮现出查亚的脸——而天空立刻就从他的思维中抓住了这幅图景。她明白了他所不知道的：
新龙一直就在他身
边！

　现在塔姆知道了，
既不是疾病，也不是
诅咒令查亚的脸和手
坑洼不平。查亚就是
那个将要变成新龙的
人，她的身体正在为
这巨大的改变做着准
备。

　但为了让变身能
够实现，苍白死去的
时候，她必须要陪在苍白身边，从他那里接
受龙火。

　塔姆一直都不敢问，他不知道该问些什
么……

　塔姆感到如坐针毡。

　　"别乱动。"天空说，"你要是掉下去了，我可来不及潜到海里去把你捞上来。"

　　塔姆赶忙坐好，紧紧地抓住塔夫塔老师的腰带。

　　他知道天空并不是认真的，把他固定在座位上的绳子捆得结结实实的。

　　尽管如此，他还是觉得来时飞往龙岛的路上更安全一些，那时他坐在前面。

　　现在塔夫塔老师坐在前面，怀里抱着一袋子书。这些书是他在龙之城的图书馆里找到的，他不打算把它们丢掉。

　　塔夫塔老师从自己的思绪中缓过神来，他感觉到塔姆紧紧地抓着他。

"你能不能问问天空，还有多远。"塔夫塔老师问道。

"我能听见他说的话。"天空没有等塔姆传递信息就说道，"我又不聋！告诉他，我们在午夜时分就能到了。只要你好好地坐着，别干傻事就行。"

塔姆把天空的话传达给老师。不过没有最后那一句……他确实有点儿难过。

为什么天空会如此恼火？

龙骑士的愤怒

德玛城中，前一日晚

"你看到什么了吗？他们来了多少人？"查亚轻轻地推了一下因德勒的肩膀。

他们俩身处教室内的一个暗室中。以前在这里，她曾跟着其他学生一起听课，除了塔夫塔老师以外，没有其他人知道。

但现在聚集到这间教室里的人可不是来学习的！

查亚能够感觉到自己的心脏在不安地怦怦直跳。

天啊，在这么短的时间里，有可能会天翻地覆！

昨天晚上，她和爸爸谈过了，求他让天空和塔夫塔老师一起飞离德玛城。

她没有提塔姆的名字。所有的人都以为，塔姆因为偷了帕拉家的蓝宝石，还被关在牢房里呢。

一开始国王只是摇头，但查亚把围巾拉开了一点点。她知道，只要爸爸一想到她的病，就没有办法拒绝她的任何要求。

她当时并不明白，她请求的事情会这么危险！但现在她开始意识到，为什么她的爸爸看上去那么严肃了……

当天空的龙骑士赛娃发现龙舍里空空荡荡时，她勃然大怒。因为那是她的龙！

赛娃的家人和家族一直都把蓝色的龙徽章绣在衣服上、雕在首饰上、刻在房屋的墙壁上，在人们记忆中一直就是如此。除了他们，任何人都无权对这条蓝色的母龙做出任何决定。特别是塔夫塔老师，他甚至连贵族都不是！

天空是不可以撇下她的龙骑士单独飞走的！

整整一天，赛娃和她的双胞胎弟弟汉亚都在皇宫周围跑来跑去，情绪激动地传播此事。

查亚在暗道里不安地跟踪着他们，她听到了其中一部分谈话。

"你们小心点儿。"她听见赛娃对火红的龙骑士说，"国王不久就会把你们的龙也给别人！"

赛娃提到晚上要召开一个会议，地点在教室，于是查亚决定去找因德勒。他们必须去偷听，看看赛娃和汉亚到底有什么计划？

现在他们一起站在密室里，因德勒透过瞭望孔看过去。

查亚不安地推了因德勒一下，他转过身，脸色煞白。

"他们所有的人都在，"他悄悄地说，"所有的龙骑士和家族首领。而且……他们说，他们必须保护自己的龙……"

"这是什么意思？"查亚问道，"保护他们什么？"

“他们说，国王偷走了天空，把他给了老师。他们还说，苍白现在身体那么糟糕都是国王的错。”

查亚只是默不作声地摇着头。

她有一种不祥的预感，卑鄙、恶劣的事情就要发生了。

教室中的集会

因德勒向旁边让开了一步。

"你自己看吧。"他说,"我不知道他们都是什么人,但他们好像特别愤怒,特别不安。"

查亚在瞭望孔前坐好,就像平时一样,透过瞭望孔向教室内望去。

那里挤满了人,他们不得不把桌椅推到一旁来腾出地方。

站在前面讲台上的人是恩文·帕拉——帕拉家族的最高首领。

"我和龙总管很熟。"恩文严肃地说,"我想,我能让他站在我们这一边。"

查亚恼火地点点头。

没错,她确信,恩文·帕拉能做到。

就是这位双胞胎的爸爸贿赂了龙总管,并让他把塔姆的名字从龙侍童名单上拿掉的。

现在他只需威胁龙总管说要揭发此事,龙总管就只能乖乖就范。因为

要坐牢的是受贿的人，而不是行贿的人。

"应该由我们来决定我们的龙该做什么，而不是其他人！"赛娃激动地说，"我们必须更改法律。"

"龙是我们贵族的象征。"她的爸爸继续说，"我们不能让普通老百姓来控制它们。很快，这些平民就也想要控制我们了！"

一阵愤怒的议论声传遍了整间教室。

"我们已经拟定了一份新法的草案。"恩文说着向站在他身旁的汉亚做了个手势。

汉亚打开一个卷轴，读了起来。

查亚震惊地听着，她很快就意识到，新法剥夺了国王对龙的一切权力。

每条龙都要归属于以它们的颜色为标志的那个家族。龙不再巡逻边境，也不再用于对付偷牲口的强盗。

　　"就是类似的琐事令苍白疲惫不堪、一病不起。"恩文解释道，"同时也让天空变得不安、焦躁，以至于它都不知道它属于谁、该听谁的话了。"

　　"我们已经受够了。"其中一位老太太开口说，她的裙子上绣着一条红色的龙，"我们必须保护我们的龙，给它们最好的照顾，这是我们的责任。"

"游行列队的时候我们应该骑着它们出来。"贝拉的龙骑士抗议道。

赛娃点点头。

"当然了。"她说，"而且重要的信件和讯息还是要由龙来传递的，但必须由龙骑士来判断，每条龙可以去做什么。"

"龙舍的大门要上锁，只有贵族家庭的人才可以进入。"恩文说，"而且我们要制作拴在龙脖子上的链子……"

他顿了一下，急忙冲着那位老太太笑了笑。

　　“哦，当然了，要用一种柔软的材料。”
他继续说，“如果龙被拴在它们的龙舍中，
就没有人能把它们偷走了，这也是为了它们
好。”

　　“可是，”在房间的后排位置有人说话了，
“你们觉得，对你们说的这些要求，国王会
是什么态度？”

4

危险计划

教室里很快就鸦雀无声了。

没有把握的气氛在蔓延，所有的人都谨慎地你看看我，我看看你。

"必须首先为龙着想。"恩文语气坚定地说道，"看看苍白吧，如果我们现在不采取点儿措施的话，很快，就会有更多的龙没有力气飞行了。"

查亚恼怒地哼了一声。

她可不认为，天空会对拴在脖子上的链子感激涕零，无论它多柔软都没用。而且她知道，她的爸爸也不会这么轻易就范的。龙属于国王，而不是其他任何人！

但此后恩文说的话却真的把她吓着了。

"龙一直都令德玛的人民引以为傲。如果他们听说，他们的国王对龙疏于照顾，他

们一定不会保持沉默的。"

查亚转过身，看着因德勒。

"我们不能再待在这儿了。"她说，"他们打算煽动德玛的人民造反，我们必须阻止他们。"

"国王必须知道这件事。"因德勒说，"我们最好还是快点儿。"

前一天晚上，她和她爸爸交谈的时候，因德勒也在场，他看到了国王焦虑的表情。但查亚却摇摇头。

"爸爸有自己的密探。"她说，"会议一结束，他们肯定就会报告给他的。让我想想……"

通常情况下，她会直接去找塔夫塔老师，但他和塔姆、天空一起去龙岛了啊。

一定还有其他人能帮助他们……外城的民众需要知道事情的真相。

突然，她知道该怎么做了。

“你爸爸，因德勒，”查亚说，“我们可以请他帮忙。”

因德勒瞪大眼睛惊讶地看着她。

“怎么……你想怎么……”他结结巴巴地说，“我爸爸怎么帮忙呢？”

春天的时候，因德勒的爸爸想要卖掉塔姆留给因德勒的宝石，也就是帕拉家声称塔姆从他们那里偷来的那块宝石，于是因德勒的爸爸就被抓了起来。此后他就一直被关在监狱里。

幸运的是，查亚公主非常熟悉德玛城中的所有暗道。每天早晨，她和因德勒都会去看望他的爸爸，给他带些吃的和别的他有可能需要的东西。

一开始，她对这个满腹牢骚的大块头男人有点儿害怕。她一直躲在暗处，很小心地把门打开一个小小的缝隙，不让他知道通往监狱的这个出口到底有多大。

但很快，她就开始参与因德勒和他爸爸的交谈了，她已经大概知道了德玛外城的生活到底是什么样子的。

"你爸爸可以告诉辛德，可以告诉所有他认识的人。他可以告诉他们，是贵族想要争夺龙的控制权，根本就不是国王没有把龙照顾好。"

因德勒迟疑地点点头。他的爸爸在德玛外城的确认识很多人。

"你是说，我们要把爸爸从监狱里放出

去？"他问道。

　　"当然了。"查亚说着走出密室，来到
暗道中，"这件事我们最好立刻就去办。"

5

在监狱里

　　因德勒的爸爸吓了一跳，他的儿子和一个蒙着面的女孩走进了牢房里。

　　他以前没怎么见过查亚。他们每次谈话时门打开的缝隙都很小，而且光线也很昏暗。

　　一开始他有点儿恼怒。如果现在有一扇能打开的门，那么他们为什么不早点儿把他放出去？他们怎么能让他一直待在牢房里？

　　他会泄露塔姆逃走的秘密，这种解释他

可不能同意。

"就算这样，那又有什么关系呢。"他
自言自语道。

当他得知了查亚的真实身份之后，他一

下子从床上蹦了起来，向她深深地鞠了一躬。

"公主殿下。"他说，"噢，您居然会帮助一个像我这样可怜的穷鬼，每一天都来送饭给我。"

然后他认真听了查亚和因德勒的叙述。

"那些贵族脑袋里琢磨的东西可不是为了龙好。"他愤慨地喊道，"我一刻都不会

相信他们。他们想要守护的是自己的权力。还有那个赛娃，她听上去可真不像是个好人。"

"他们当然在意他们的龙。"查亚

说，"不过……主要是为了他们自己的荣誉。苍白病得那么厉害，这对白色家族来说是个灾难。他们会丢掉他们的荣誉和尊严。"

　　"也许是吧。"因德勒的爸爸表示赞同，"但就我所知，龙是有思想的生物，它们有权决定自己的命运。德玛城的龙不应该成为奴隶，被锁链捆绑着。"

查亚能够看到因德勒有多么自豪。

"你一定会帮那些龙的。对吗，爸爸？"
他问道。

他的爸爸点点头。

"当然了。"说着，他抚摸了一下因德勒的头，"我认为，城中还有很多人都愿意帮助我们的龙。尽管我们一点儿都不关心国王和他的贵族们之间有什么矛盾……"

他抱歉地看了一眼查亚。

很快，查亚就带着他
们穿过狭窄的暗道，那里
漆黑一片，而且布满了蜘
蛛网。很少有人到山下的外城去，但她有足
够的时间来研究国王秘密暗道的地图。

　　"这扇门通往第二道城门边的一条小胡
同。"她最后说。

　　因德勒的爸爸用尽全身力气才把门打开。

因德勒递给他一件干净的短袍，那是他从塔夫塔老师那里暂借的。查亚给了他一个小皮袋子，里面装着一些钱币。

"我只是为了能请大家喝上一杯，特别是在有重要的事情要说的时候。"因德勒的爸爸接过袋子时给自己找了个借口。

然后他清了清嗓子，挥挥手，消失在胡同之中。

龙的救赎

"现在我们必须到龙舍去。"因德勒在他们返回皇宫的途中时说道。

"不！"查亚激动地说。

"你怎么了？"因德勒问道，"我们必须得去，龙需要知道他们面临的威胁。"

查亚停下脚步，垂着头在原地站了好一会儿。

"塔姆和天空可都不在那儿啊。"她的

声音听上去干巴巴的。

　　因德勒皱起了眉头，然后他把手放在她
的肩膀上，安慰她。

　　"说吧！"他鼓励道，"我已经发现，
你有什么地方不太对劲。"

　　查亚一动不动地站在那里。以前几乎从

43

来没有人愿意碰她。

　　直到因德勒搬到皇宫这里来住之后，查亚才明白她以前是多么孤单。他总是随时可以陪她说话，只要她愿意，任何时候都可以，而塔姆经常有别的事情要忙。

　　如果塔夫塔老师知道，有多少次是查亚

在清扫他的地板，那么他一定会大吃一惊的。
而查亚这么做只是为了能和因德勒在一起。

　一开始因德勒当然不肯答应，一个公主
怎么能劳动呢。但很快，他们就自然而然地
聚在一起，一边谈天说地，一边各干各的活
儿了。

她以前从未如此快乐过，从未这么开心地笑过。

但还有几件事是因德勒不知道的……

查亚深吸了一口气。

"我从没近距离地看过龙。"她说，"我不敢……"

"你是说，你从没去过龙舍？"因德勒惊讶地问道。

查亚摇摇头。

"没有暗道通向那里。而且……我一直都害怕龙。我听过一些故事，雷耶国王毒死了龙骑士，还有龙因为悲痛而发疯了。你或许知道，他们所到之处，杀死了所有的人。"

她严肃地看着因德勒。

"就是这些龙，"她说，"天空和苍白也不例外。"

"悲痛会使一个人变得可怕。"因德

勒说，"妈妈死后，我对爸爸特别恶毒。我看不到，他其实和我一样难过。但事和物都是会变的。"

"龙不会的。"查亚几乎脱口而出，"看看我就知道了。"

她抬起手臂，给他看自己肿胀、僵硬的双手。

"这就是龙加注在我身上的诅咒，因为雷耶国王毒死了他们的骑士，而他是我的祖先。龙没有忘记，虽然这件事已经过去好几百年了。我不得不生活在痛苦中，所有的人看到我都会感到惊恐、厌恶。"

"这不是事实。"因德勒表示反对。

"这是我妈妈说的。"查亚说，"这就是为什么她要把我藏在暗处。"

"我不会这么看你，塔姆也不会。"因德勒说，"这你是知道的。"

然后他突然产生了一个念头。

"而且——如果你表现出你是龙的朋友，也许他们会把诅咒去除，对吗？而且他们需要知道他们正在面临什么样的威胁。如果塔姆在这儿，他一定会告诉他们的。"

查亚深吸了一口气，然后点了点头。

"我们最好先去睡一会儿，"她说，"明天会是漫长的一天。"

因德勒拉起她的手，很小心地不弄疼她，然后他们一起沿着暗道向皇宫走去。

在龙舍

已经快到中午了，查亚和因德勒推开龙舍墙边那个小储藏室的暗门。

他们已经得知，现在龙舍里空无一人。他们这时候去那里，不会遇到任何人。

夜间，国王给他的士兵下达了新的命令。因此当龙骑士来到龙舍，想去拴住自己的龙时，已经来不及了。没有国王的许可，任何人都不能通过龙广场四周的那道围墙。

　　但贵族也不会那么轻易放弃。他们已经
做好了为自己的龙进行战斗的准备。

　　现在，老老少少都在墙外紧紧地排成排，
手里拿着弓箭和刀剑。不过到目前为止，他
们还只是在喊口号，要求国王出来听他们对
新法案的建议。

　　国王本人把自己锁在皇宫大殿里。他已

经派人通知查亚，她必须待在自己的房间里。

但查亚不打算遵照他的命令去做。

她入睡之前，对因德勒所说的和龙成为朋友的话，思考了很久。她已经准备好了，只要能让她恢复健康，那么她什么都敢做，她已经下定了决心，即便要她和龙说话也可以。

　　她和因德勒小心翼翼地从储藏室钻出来。
要是天空这时能回来该多好啊，她想。那么
也许一切都会恢复到以前的样子。

　　在高高的墙上，士兵们密密麻麻地排成
排，但所有人的注意力都在围墙外，因此她
和因德勒能够偷偷溜过去，而不被人发现。

　　"我们去找苍白，"因德勒把门关好，"他
也许愿意和我们交谈。"

他们走向苍白的龙舍，查亚感到自己的双腿在剧烈颤抖。

近距离观看，那条大白龙比她想象的还要大。他趴着，鼻子贴在地板上，眼睛半闭着。

现在，当查亚站在这里的时候，她根本就不知道自己该说什么。

　　"龙！"她清了清嗓子，"苍白！我来告诉你们一件很重要的事情。"

　　苍白没有动。

　　查亚犹豫地看着因德勒，他冲她点点头，鼓励她。查亚深吸了一口气。

　　"我是查亚公主。"她说着掀开了围巾，"看，这就是遭到你们诅咒的我。听我说，如果不是你们正在面临威胁，那么我是不会

到这里来的。"

　　苍白的眼皮抬起来一点。查亚勇敢地迎向他的目光。

　　而这时，龙金黄色的眼睛变了。突然，那里面像是燃起了一团火。

查亚急忙向后退了一步，奇怪的是，她并不害怕。

　　在龙的目光中，有种东西是她所熟悉的……

　　那条刚刚还在休眠状态的龙像一条蛇似

的，飞快地、警觉地抬起头来，然后他停在了那里。

"欢迎。"他说，"终于。你，新龙。"

新龙

查亚的腿一下子软了，她扑通一声坐在苍白身旁的垫子上。

龙朝她低下头，他很小心地向她吹出温暖的鼻息，然后他叹了口气。

"找了很久。"他说，"塔姆和塔夫塔。我找到了。"

"你是说……"因德勒开口说道，"可这怎么可能……"

查亚伸出手，抚摸着龙的鼻子，她不明白到底发生了什么，但这没有关系。龙的皮肤软软的、暖暖的，并不像她想象的那样冰冷、僵硬。苍白的龙鳞反射出千变万化的色彩，像一颗颗珍珠在闪烁。她目不转睛地看着，好像着了魔一般。

这时因德勒一把抓住了她。

"过来。"他说，"这件事不对，有问题。龙不能这样对你。"

查亚站起来，但苍白并没有挪动身体。

"不是对她。"苍白说，"她就是。新龙。"

因德勒愣住了。

"这听上去太荒谬了。"他说，"但……

好像所有的事情终于串在了一起。"

　　他叹了口气。然后他握住查亚的手，把她拉到墙边的一个长凳上。

　　在那里，他解释了塔姆在那些漫长的夜晚都在龙舍里做什么。他们绝望地寻找着即将到来的新龙。

　　"龙骑士们死后，所有的信息都被遗忘了。悲伤让龙选择了逃避，"他说，"没有人记得那些信息了。"

　　查亚摸了

摸自己的脸颊。

"新龙到底是什么？"她无助地问。

"是那个在老的龙死时，要转变成龙的生物。"因德勒缓缓地说，"但别担心，塔姆会帮助你，他会成为你的龙骑士。"

"也就是说，这并不是诅咒？"查亚慢慢地说道。

"这要看你怎么看了。"因德勒的声音听上去有些奇怪。

但查亚突然明

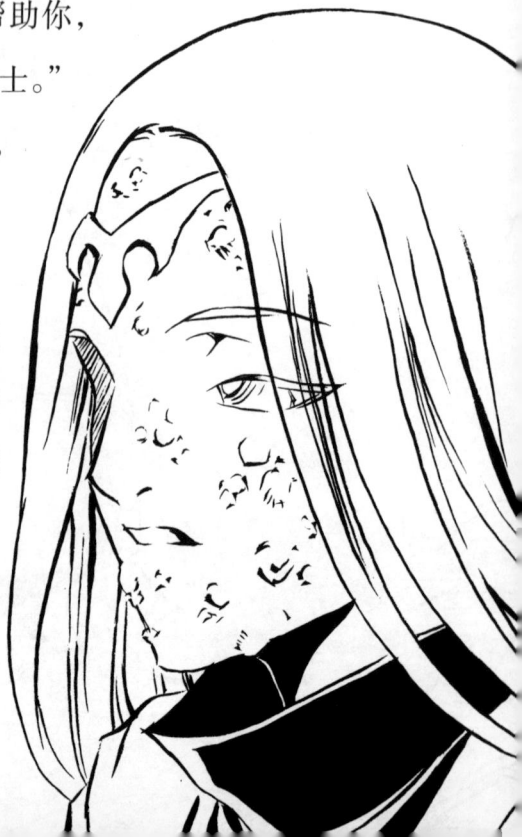

白了，她一直都丑陋不堪、不敢见人，一直都被关在一座小塔楼和黑暗的地道中。

她若有所思地抬起头来，迎着因德勒的目光。她不再害怕龙了。

她真的会成为他们中的一员吗？她真的可以自由自在地在云朵间飞翔吗？

会有某个贵族家族认为他们拥有她吗？

突然，她意识到，这一切都错得离谱。

没有人可以拥有一条龙——甚至国王也不行。

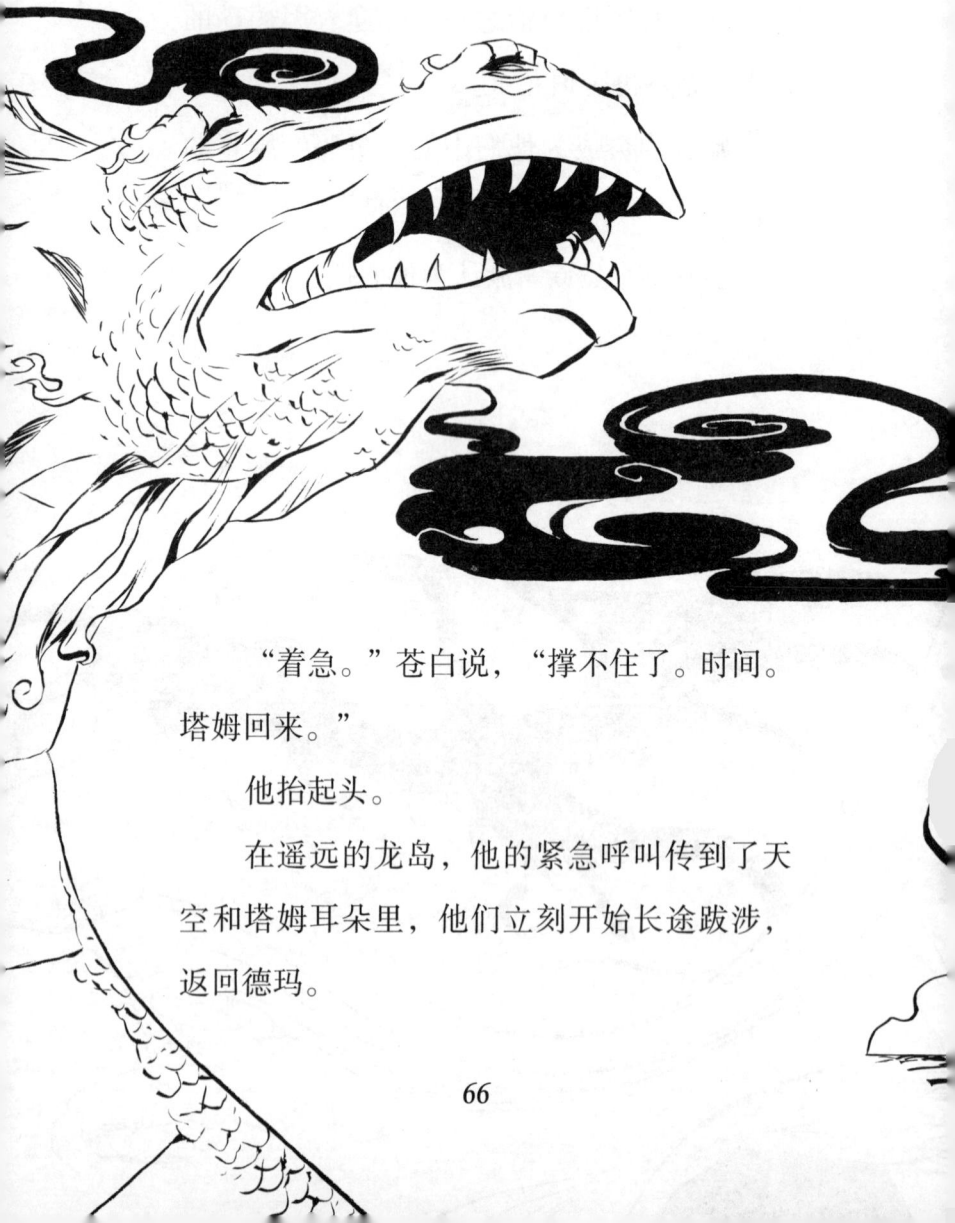

"着急。"苍白说，"撑不住了。时间。塔姆回来。"

他抬起头。

在遥远的龙岛，他的紧急呼叫传到了天空和塔姆耳朵里，他们立刻开始长途跋涉，返回德玛。

"警告天空了，"苍白说着又垂下了头，"塔姆就快回来了。"

　　"有些事情你们龙需要知道。"因德勒说着站起身来。

　　他简短地讲述了前一天早晨天空走后发生的所有事情。

　　"眼下，双方还只是站在那里对彼此喊话，"他最后说，"但很快他们就要真的打起来了。"

"不行。"苍白严肃地说，"变身。不能被打扰。危险。"

查亚能真切地感受到，那条大白龙有多么吃力。

如果她能和他交谈该有多好，就像塔姆和天空那样。

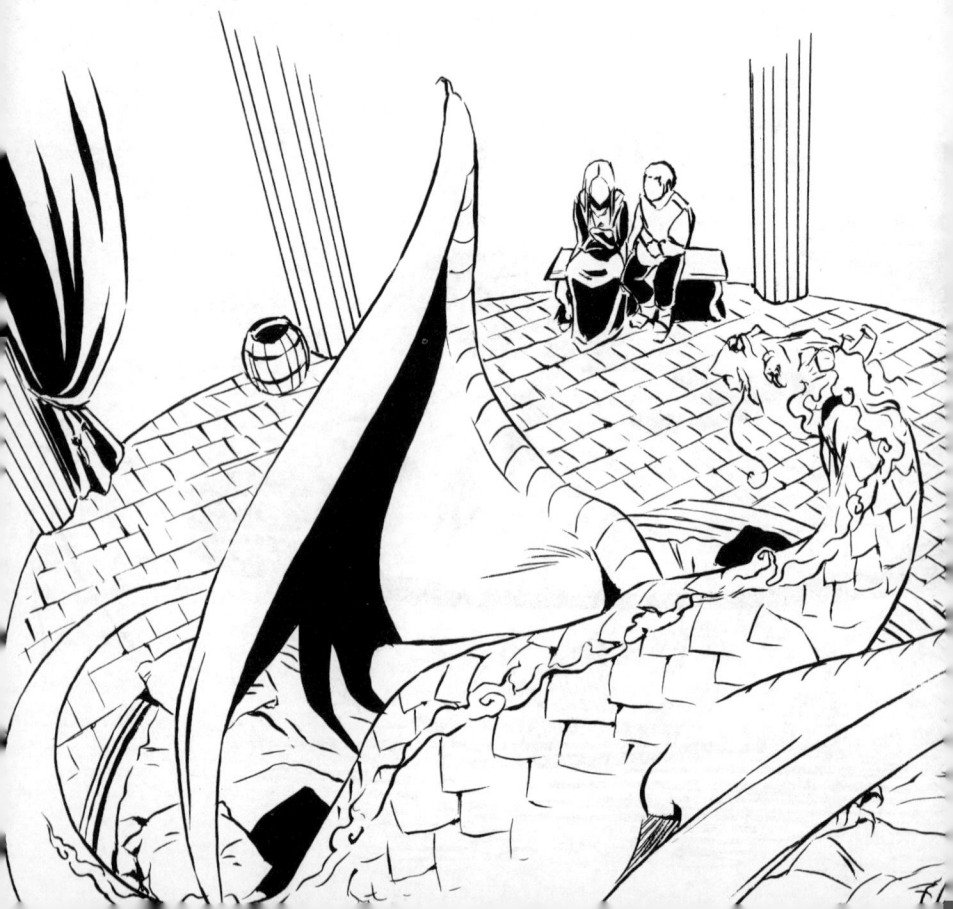

这是她一生中最
重要的时刻——而她
却没有人可以去询
问。

她摇了摇
头，振作起来。

她不想
请求她的父
母帮忙。

她知道，他们不会明白的。他们很可能会想
尽一切办法来阻止这一切的发生，而这根
本就办不到……

"因德勒，"她说，"你是我唯一
可以信赖的人。你必须穿过暗道，到
外城去，把你爸爸接到这里来。你
们能带多少人就带多少人。我们必
须要确保龙舍的安全，不让任何
人进来。"

火光

夜黑极了，塔姆不明白，天空是怎么找到回去的路的。

云层把天空遮得严严实实，没有一颗星星为他们引路。

但天空毫不迟疑。她一下一下、稳稳地扇动着双翼，带着他们向岸边飞去。最后他们在前方很远的地方，隐约看到了光线。

德玛！

　　塔姆以前从未跨出过德玛城的外城墙一步，他甚至连港口都没有去过。

　　两天前，他们离开城市的时候，他没敢回头看。这是他第一次从外面看自己的家乡。

　　那座城市依山而建，高山就耸立在海岸边。在这里，达尔河流入大海。

　　在黑暗中，他只能看到山的轮廓，但那

里到处都是星星点点的火光，它们照亮了整座城市。

"有什么地方不太对劲。"他们又靠近一些之后，天空说道，"告诉塔夫塔，这不是普通的火把或者炉火。德玛城着火了。"

天空绕城盘旋了一圈，为了看得更清楚，塔姆侧过身来。

出什么事了？

当然，偶尔失火是不可避免的，特别是在一间间房屋紧挨在一起的外城。

　　但火灾应该很少会在很多不同的地方同
时出现吧？

　　就连最内城的城墙都着火了。学校建筑

那里还在燃烧。通常情况下，火早就被扑灭了。

皇宫四周围满了人，其中很多是士兵。塔姆一开始以为，这些人一定都是被召集起来灭火的。但随后他发现，他们手里拿着的并不是水桶和铲子。

他们中绝大多数人手里都拿着刀剑和弓箭。

"他们打起来了！"他惊呼道。

"不对。"塔夫塔老师回答说，"他们还没打起来，现在还没有。看，国王的士兵沿着高墙列队站立，但并不是面向外城的，好像敌人就在皇宫内。"

"你不能问问苍白出什么事了吗？"塔姆想。

"现在？"天空惊讶地问，"怎么问啊？"

"用思维语言？就像你和我一样。"

"可我们龙与龙之间不是以这种方式交谈的。"天空说，"这你应该知道啊！"

"可在岛上的时候呢？"他好奇地问，"我们那时都听到苍白的呼喊了啊。"

　　"那不是思维语言。"天空解释说，"那是紧急呼喊，是龙火对龙火之间的交谈，不是语言。只有龙和龙骑士可以通过思维交谈。在变身之后，他们就成为一个灵魂整体。你和我能够听到彼此，这是因为最小的龙要负责去找

到新的龙骑士。你还记得，当你的头脑开始发生变化时，你病得有多厉害吗？"

塔姆打了个寒战，他当然记得去年冬天那些恐怖的日子，他以为自己疯了呢。

对天空来说，感受却完全不同。塔姆出现在她头脑中的声音唤醒了她，让她再一次有了生命。

当塔姆得知这一切后，他内心充满了一种异样的感觉：天空真的需要他！

没有他，她就会像其他龙一样，无欲无求，把自己封闭起来。噢，不，他再也不愿伤害她了，再也不会像去年冬天那样把她排斥在外，拒绝和她交谈了。

这时，突然有个念头像一支冰冷的箭一般射穿了他。

他成为新的龙骑士之后，是不是就再也听不到天空的声音了？

10

不期而遇

塔姆狠狠地咽了口唾沫。他完全沉浸在寻找新龙的任务中，沉浸在对学习龙的知识的渴望中，沉浸在和天空的友谊中……

很多次，他都担心自己不够好，不能满足天空对他的期望。

他很少去想后面的事情，以后会怎样。

而现在，时限马上就要到了。当龙火将查亚变化成新龙之时，龙火也会将他转变成她的龙骑士。

这些他是知道的——但这到底意味着什么呢？

"龙变身之后……那时你和我还能用思维交谈吗？"他问道。

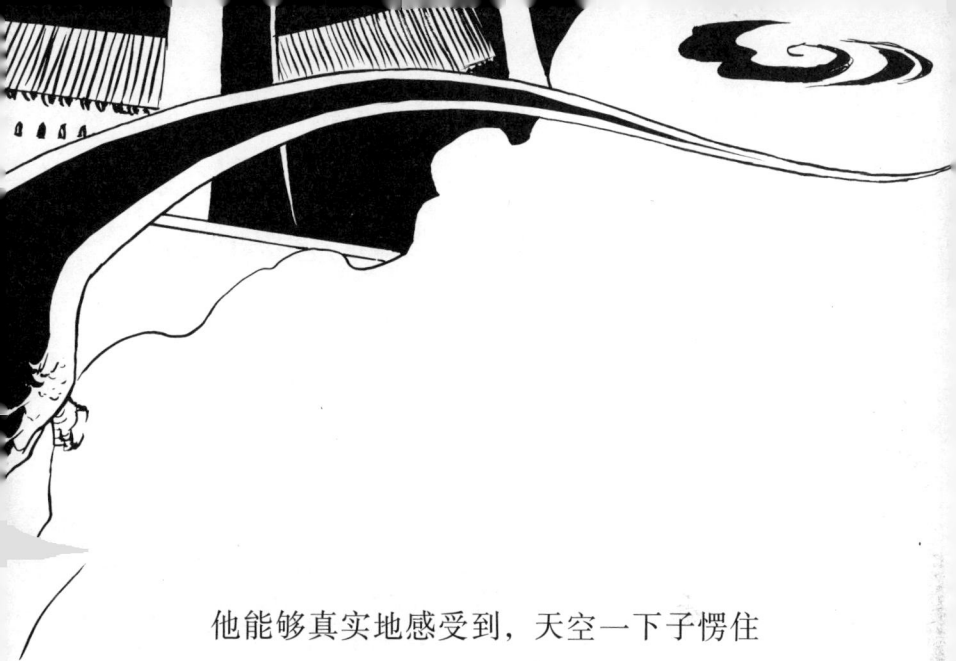

他能够真实地感受到，天空一下子愣住了，正在扇动的双翼也停住了。

　　"不能了。"她说，"但你不用担心，你和查亚会彼此拥有的。"

　　她的声音听上去淡淡的，塔姆立刻就明白了，他们离开龙岛之后，她为什么会对他那么苛刻，那不是因为她生他的气了……

　　她知道，她很快就要再次孤独寂寞了。

　　"想这些东西是没有用的，"天空果断地说，"这是注定的。"

　　她开始无声地向着龙广场中最黑暗的角落滑翔下去。

“告诉塔夫塔，我会尽量不引人注意地着陆。”她继续说道。

他们轻轻地落在了柔软的沙地上。塔姆

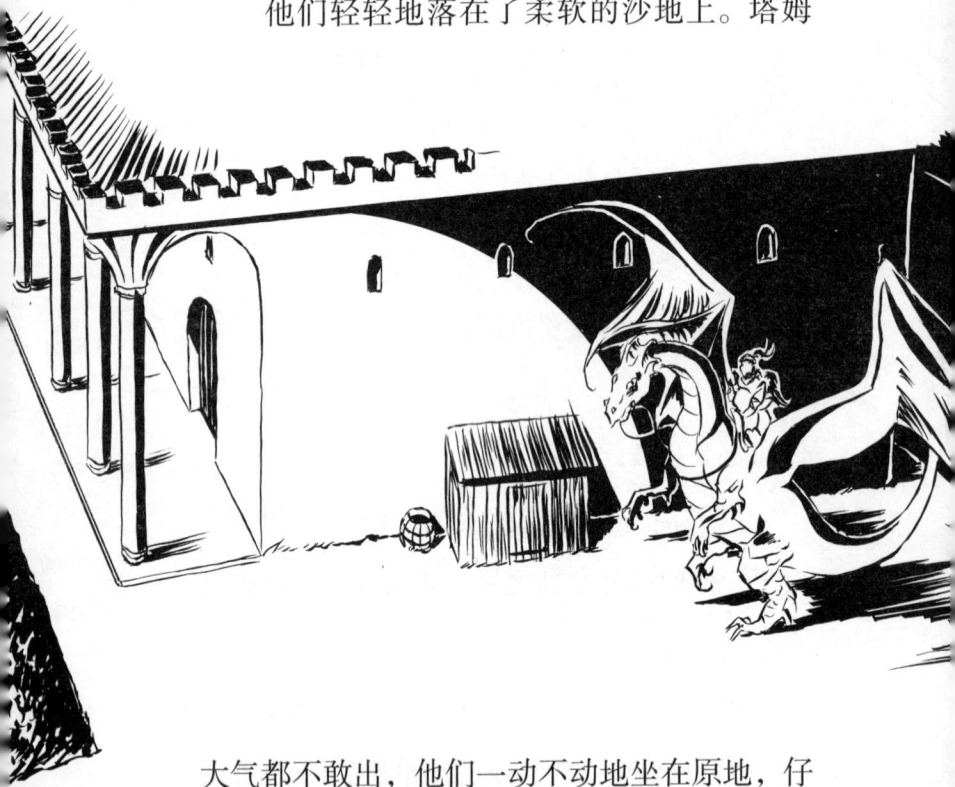

大气都不敢出，他们一动不动地坐在原地，仔细地观察着四周的情况。

“噢，你们总算回来了。”有人低声说。

有一个黑暗的身影从储藏室偷偷溜了出

来。是辛德——那个塔姆从小就认识的老士
兵。

她怎么会在龙舍这里呢？

"是什么敌人进入了皇宫？"塔夫塔老

师问。

他也听出了辛德的声音。现在，他把装
满书的袋子递给她，然后快速卸下
了鞍子和缰绳。

"是一直生活在皇宫
区域内的敌人。"她回
答说，"当贵族家族发
现国王允许你带着天
空一起飞走之后，他
们就不乐意了。他
们说，龙是他们
的。但国王说，

龙是属于他的，只有他说了算。"

"我们属于我们自己。"天空低沉地说。

辛德挥挥手，示意她小点声。

"这就是为什么我们会在这里，"她解释说，"为了保护和帮助德玛的龙。"

"任何人都别想进龙舍，别想从我和我的朋友们这里过去。"因德勒的爸爸突然出现在龙舍的墙边。"其他话我们以后再说吧，现在我们必须进去了。"

11

龙的反抗

塔姆吃惊地看看这个人，又看看那个人。

他隐隐感到一丝不安。是不是已经晚了？大家聚集在这里，是不是因为苍白已经死了？

"苍白怎么样了？"他问。

辛德摇摇头，叹了口气。

"他和我们在一起呢。"她说，"查亚公主在龙舍，因德勒也在，好像有重要的事情要发生。我不太清楚是什么，但他们在等你们。"

　　"所有的龙都在呢。"因德勒的爸爸说，
"奇怪得很——现在发生的事情好像让他们全
部都恢复了生命。"

　　天空一直在那里静静地聆听。

　　"不逃避。"她突然说，"再也不。"

天空转过头看着塔姆。

"告诉他们，是时候了。"她用思维语言继续说道，"我们龙必须要反抗。我们不是私有财产。我们是自由的，想飞到哪里就飞到哪里。我们有权决定自己的生活。人无权为我们争斗。"

辛德听着塔姆转述天空的话，然后她歪着头想了想。

"这应该是个不错的策略。"她若有所思地说，"他们应该想不到——天空突然出现，还提出要求。他们双方需要就这件事好好谈谈，然后再做决定。这能给我们时间。"

因德勒的爸爸哈哈大笑起来，然后他递过来几个原先靠在储藏室墙上没有点燃的火把。

"一次货真价实的龙的反抗。"他说，"这才对嘛！这样的话，我们需要火光和噪音。"

"我们并不能保证一切都会按照我们预想的那样发展。"塔夫塔老师转过身看着塔姆，"反抗开始之后，我希望你到龙舍里去。查亚和因德勒必须知道发生了什么，而且如果有某个紧张的士兵箭支脱手的话，我也不想你在射程之内。"

"照他说的去做。"天空附和说，她感受到了塔姆的犹豫，"今晚你有另外一件更重要的事情要做。"

说完，她抬起头来，冲着天空咆哮起来。

辛德点燃了火把，然后他们跟在那条蓝色的母龙身后来到了龙广场上。

"我。这里。"她怒吼道，"停止争斗！"

一下子，四周安静了下来，所有的喊叫、喧闹都停止了。围墙上垛口处的士兵也转过身来，想看看究竟发生了什么。

在围墙的另一侧，那些骚乱的制造者忘记了自己的愤怒。他们高

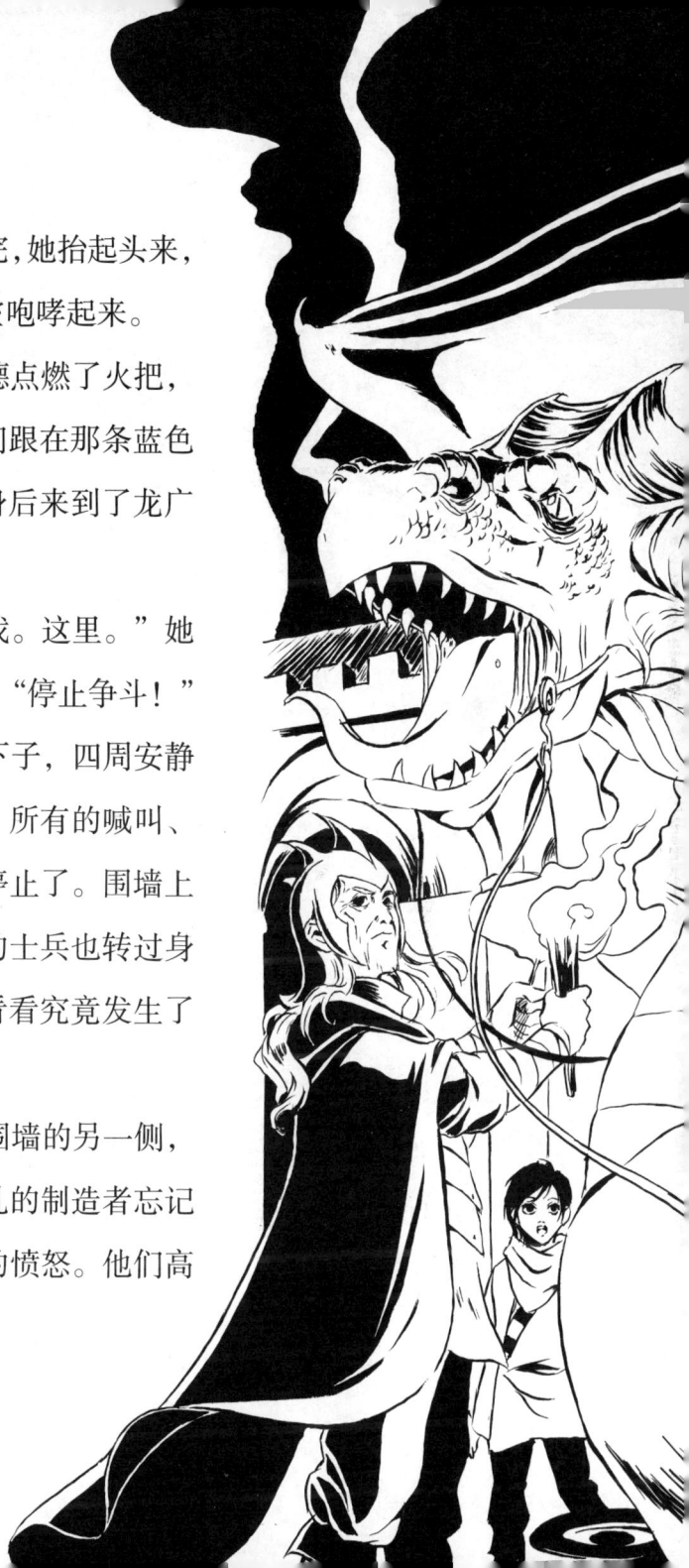

声地询问这是怎么回事——他们站的地方是看
不见天空的。

　　塔姆站了很久，直到看见天空飞起来，
被点燃的火把照亮。天空紧贴着屋顶飞了一圈，
边飞边向地上的人们喊话。

　　他笑了笑。他能感觉到，她很开心。于
是他打开了龙舍的大门，偷偷地溜了进去。

12

隐藏的龙厅

因德勒坐在门旁的一个木板凳上。他看上去憔悴、疲倦，而且闷闷不乐，双眼还有重重的黑眼圈。

他一看到塔姆，立刻就从板凳上站了起来。

"快来！"他简短地说，然后开始沿着龙舍的走廊向里面走去。

"等等！"塔姆说，"怎么了？你难道不能告诉我到底怎么了吗？"

因德勒停住了脚步，叹了口气。

"对不起。"他说，"只是……你知道，新龙就是查亚吗？"

塔姆点点头。

"我们在龙岛上知道的。"他说，"可你是怎么发现的？"

"苍白看到了她，"因德勒解释说，"他立刻就知道她是什么人了。而且现在查亚也知

道了。你自己去看吧。"

他又走了几步，然后停了下来。

"看，"他边说，边指给塔姆看，"查亚唤醒了所有的龙。他们已经打开了龙厅。"

在龙舍最里端的墙上敞开了一扇门，以

前从没有人见过这扇门。门口一侧站着火红，另一侧站着贝拉。她们转身看着塔姆的时候，眼睛里好像有一团火在燃烧。

"你们来了。"火红说。

"天空？"贝拉问道。

"她……她在外面。"塔姆磕磕巴巴地说，"她在告诉人们，他们无权决定龙的事情。"

这两条龙嘶叫着、低吼着，塔姆意识到，她们正在交谈，然后她们走向龙舍的走廊。塔姆和因德勒不得不向旁边退了几步，让她们过去。

就在这两条龙推开龙舍大门消失之后，查亚出现在黑色的门洞里。

塔姆看着她。

她好像比以前高了一些，她摘掉了头巾，脱下了厚厚的外衣。银色的头发扎成了一根马尾辫。她不再试图挡住自己的脸，避开从她身边经过的人们。

塔姆认出了这些人，他们都是住在因德勒家旁的小酒馆附近的人。

他吃惊地摇摇头。他们这些人都是怎么进来的？

"我们需要更多的靠垫。"查亚对他们说，"苍白必须躺得舒服些。再去拿些蜡烛来，还要一些花瓶和花。"

其中几个男人你看看我，我看看你，耸了耸肩，然后就去照办了。

　　"查亚，"因德勒温和地说，"塔姆来了。"

　　她转过头，看着他们。她的眼睛里有一种奇怪的光芒，这令塔姆想起了刚刚在两条龙眼睛中见到的火焰。

"苍白在里面等着呢。"她说着迅速地指了一下，"在龙舍中也有一扇暗门——不过只有龙才知道它的存在。这个大厅是他们和龙骑士在搬到这里来之后一起建造的。从那时起，它就一直在等待我们了。"

她转过身，穿过那扇门，消失了。

因德勒绝望地看着塔姆。

"你明白我的意思了吗？"他说，"好像变身已经开始了。"

13

等待

清晨来临了，德玛城中静悄悄的。

对峙结束了。

三条大龙盘旋在屋顶上空，这足以让所有的人都躲进家里，紧闭房门。

就连龙舍也空空荡荡的，一片静寂。只有辛德的几位士兵朋友在把守大门。其他人都聚集到圆形的龙厅里了。

大厅是直接从岩壁中开凿出来的，塔姆

知道，它是仿造龙岛上龙的洞穴建造的。

他坐着靠在天空温暖的身体上。

"最后一次了。"他边想，边用手轻轻

地抚摸着这条蓝色母龙的皮肤。

　　其他龙都站在墙边，一字排开。因德勒
和他的爸爸以及塔夫塔老师坐在出口附近。

　　没有人说话。

　　远处的圆形平台上，苍白伸展开身体，趴在那里。他在费力地呼吸，把头靠在地上休息。

　　现在，他发现新龙后，身体里聚集的所有能量似乎都离他而去了。

　　查亚蹲在他面前，她的手轻轻地搭在那

条大白龙的鼻子上，她目不转睛地看着他。塔姆能够听到她在低声哼唱一首古老的摇篮曲。那柔和的声音令人安静下来，昏昏欲睡。

这真是太奇怪了。塔姆曾经想象过，应该由他来安慰和帮助查亚，告诉她新龙和变身是怎么回事。可是现在，在这里指挥的人却是她。

她的眼睛里像是有一团火焰在燃烧，她的动作恍恍惚惚的，好像进入了一种迷离的状态。

　　她似乎很清楚自己应该怎么做。

　　塔姆叹了口气，他确实有点儿被排斥在外的感觉。

她为数不多的几次提问，或是问因德勒，或是问塔夫塔老师，就好像塔姆根本不存在似的。

"你应该去她身边。"天空说，"拉起她的手，和她一起唱歌，帮助她一起让苍白睡去。"

"那你呢？"塔姆问道。

"我很抱歉，我错了。"天空说，"如果伊文娜还活着的话，我是不会放任你我如此亲近的！"

"你是我今生重要的朋友，"塔姆说，"你和因德勒。"

天空朝他低下头，在他

头顶吹出一阵温暖的鼻息。

　　"别难过，"她说，"很快你就会有另外一个人，她会成为你的一部分。"

　　塔姆知道她说的是真的。天空告诉过他，龙火会把龙和龙骑士融为一体。

　　在变身之后，他和查亚就会像是拥有同一个灵魂般亲密无间。

　　"我会陪在你身边，"天空的声音在他头脑中响起，"即使你再也

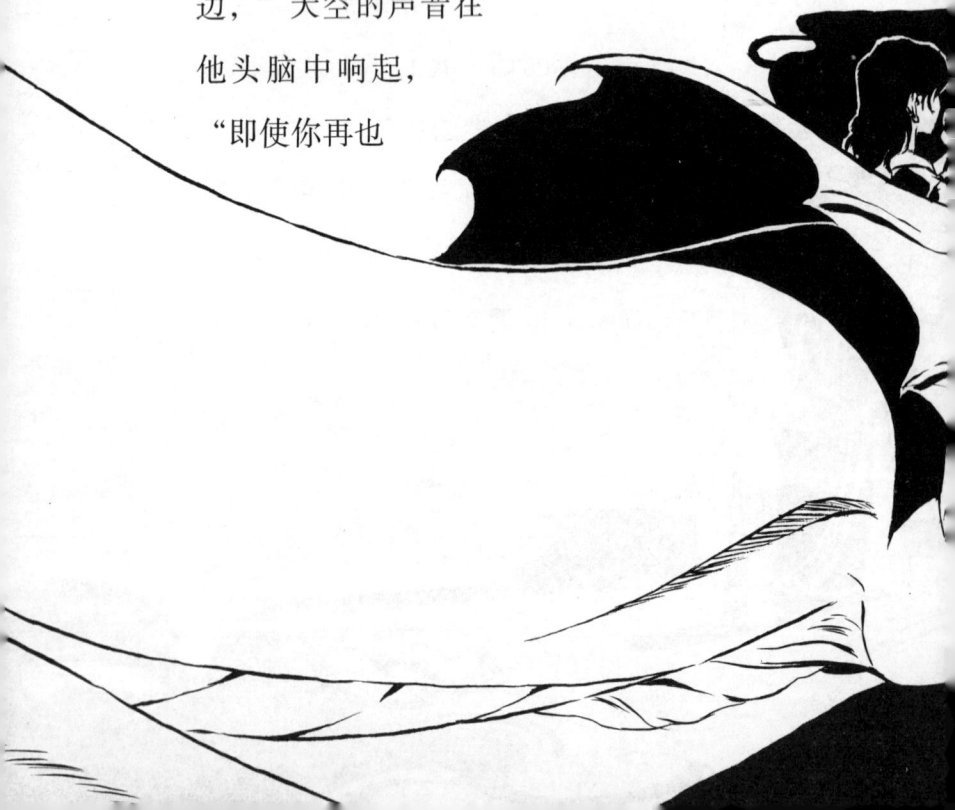

不能听到我说话，但我还是会对你永远不离不
弃。"

　　塔姆最后拍了拍天空，然后他站起身来，
向查亚和苍白走去。

天空和塔姆永远分开了吗？

快去阅读本系列最后一本书

《浴火重生》的精彩结局吧！

精彩的后续——

龙骑士之六《浴火重生》

　　她感到手指下龙的皮肤柔软而温暖。她缓缓地抚摸着它，既是对苍白的安慰，也是对她自己的慰藉。

　　是因德勒劝说她来到龙舍。"如果你能成为龙的朋友，那么也许他们就会去除对你的诅咒。"他是这么说的，于是她就下定了决心。

　　如果能够恢复健康，查亚什么都愿意做，即使要她和龙交谈，她也愿意！

　　她永远都不可能想到，当她和白龙炙热的目光相遇的那一刻会发生什么。她看到白龙后，内心燃起一团炽热的火焰。在龙的身上，她看到了某种熟悉的东西，而苍白的话解释了一切……

　　没错，她的病的确与这些龙有关，但那不是诅咒。

　　她就是新龙！

　　她切身感受到，龙的话是真的，她的身体因为对变化的渴望而隐隐作痛。

　　她奇痒难耐，她想要长大、舒展开来，快乐地、自由地高飞！

　　只是她的思想还来不及做足够的准备呀！

　　身体在渴望，但内心深处，她充满了恐惧。于是她一边缓缓地抚摸着这条即将死去的龙的鼻子，一边唱着摇篮曲，那是以前她的妈妈经常在晚上唱给她听的歌曲。

　　"黑夜来临，闭上眼睛，"她唱道，"我陪伴在你身旁。"

　　查亚能够感受到苍白有多么疲惫，他已经孤独寂寞得太久了！

　　她一生都在通过瞭望孔观察别人。她偷听他们的谈话，但她从来都没有机会参与交谈。她并不害怕黑暗，在狭窄的暗道里，她对此已经习以为常了。

　　现在她坐在这里——一个高台上，在一个聚满了陌生人的大厅里。

　　她挥去心中突然想要逃离的念头，克制住想要重新用围巾把自己紧紧包裹起来的冲动。

　　她的父母会怎么看待她的行为，是她请求因德勒和他的父亲把很多德玛城的市民叫到了这里。大厅里聚满了这样的平民——酒馆的老板和老板娘、女仆、乞丐，还有店铺帮工。

　　当德玛城的龙需要帮助的时候，愿意站出来帮忙的人很多。任何事情都不能阻碍龙的变身，甚至贵族的反叛者或者国王的士兵都不可以。

　　她用余光看到了塔姆，他正在向她走来，但突然停住了脚步。

《龙骑士》全六册华丽上市！
一口气读完，一辈子不忘

一条新龙即将诞生……

你必须学习到有关龙的所有知识！

龙的未来正面临着危险！

剩下的时间不多了，必须尽快找到新龙！

那条老的龙很快就要死了……

在烈火中，龙骑士和新龙融为一体！

图书在版编目（ＣＩＰ）数据

龙骑士.5,危险计划 / (瑞典) 萨尔姆松著；
(瑞典) 埃克斯特略姆绘；赵清译. -- 南京：南京大学
出版社,2014.1
　　ISBN 978-7-305-11773-2

Ⅰ.①龙… Ⅱ.①萨… ②埃… ③赵… Ⅲ.①儿童文
学-长篇小说-瑞典-现代 Ⅳ.①I532.84

中国版本图书馆CIP数据核字(2013)第150372号

Drakriddare 5: Tam och drakupproret
Text © Jo Salmson, 2010
Illustrations © Åsa Ekström, 2010

First published by Bonnier Carlsen Bokförlag, Stockholm, Sweden
Published in the Simplified Chinese language by arrangement with Bonnier Group Agency,
Stockholm Sweden

江苏省版权局著作权合同登记 图字：10-2012-591号

出版发行 南京大学出版社
社　　址 南京市汉口路22号　　邮　编 210093
网　　址 http://www.NjupCo.com
出 版 人 左　健

书　　名 龙骑士 5 危险计划
著　　者 （瑞典）尤·萨尔姆松
绘　　者 （瑞典）奥萨·埃克斯特略姆
译　　者 赵　清
责任编辑 蔡冬青
印　　刷 北京北方印刷厂
开　　本 889×1194 1/32 印张 4 字数 80千
版　　次 2014年1月第1版 2014年1月第1次印刷
ISBN 978-7-305-11773-2
定　　价 13.80元

发行热线 025-83594756 83686452
电子邮箱 Press@NjupCo.com
　　　　　Sales@NjupCo.com (市场部)